GALILÉE

DRAME EN TROIS ACTES

EN VERS

PAR

FRANÇOIS PONSARD

De l'Académie Française

PARIS

MICHEL LÉVY FRÈRES, LIBRAIRES ÉDITEURS

RUE VIVIENNE, 2 BIS, ET BOULEVARD DES ITALIENS, 15

A LA LIBRAIRIE NOUVELLE

—

1867

GALILÉE

DRAME

Représenté pour la première fois à Paris,
sur le Théâtre-Français, par les Comédiens ordinaires de l'Empereur,
le 7 mars 1867.

GALILÉE

PERSONNAGES

DE LA PIÈCE

GALILÉE.	MM.	GEFFROY.
TADDEO.		DELAUNAY.
LE GRAND-DUC DE TOSCANE.		LEROUX.
VIVIAN.		COQUELIN.
LE COMMISSAIRE DU SAINT OFFICE.		MAUBANT.
LE PRÉSIDENT DU TRIBUNAL.		CHÉRY.
LE PROFESSEUR POMPÉE.		BARRÉ.
ALBERT.		SÉNÉCHAL.
UN MOINE.		GIBEAU.
UN HUISSIER DE L'INQUISITION.		SEVESTE.
NICCOLINI, AMBASSADEUR DU GRAND-DUC.		GARRAUD.
UN PAYSAN.		EUG. PROVOST.
UN ÉTUDIANT.		E. COQUELIN.
ANTONIA, FILLE DE GALILÉE.	Mmes	FAVART.
LIVIE, FEMME DE GALILÉE.		ÉMILIE GUYON.
UNE JEUNE FILLE.		PONSIN.

INQUISITEURS, ÉTUDIANTS, PEUPLE, ETC.

Les deux premiers actes à Florence, le troisième à Rome.

ACTE PREMIER

PERSONNAGES

DU PREMIER ACTE

GALILÉE.

TADDEO.

VIVIAN.

LE PROFESSEUR POMPÉE.

ALBERT.

UN MOINE.

UN HUISSIER DE L'INQUISITION.

UN PAYSAN.

UN ÉTUDIANT.

ANTONIA.

LIVIE.

UNE JEUNE FILLE.

GALILÉE

ACTE PREMIER.

Une rue à Florence. — La maison de Galilée. — Dans le fond, une tour.

SCÈNE PREMIÈRE.

TADDEO, ANTONIA.

Antonia sort de la maison de Galilée, et fait quelques pas dans la rue. Taddeo, embusqué derrière l'angle d'une maison, se présente à elle.

TADDEO.

Ah! chère Antonia! quel bonheur! vous voici!
Enfin!

ANTONIA.

D'où sortez-vous?

TADDEO, montrant l'angle où il était caché.

Je vous guettais d'ici...

ANTONIA.

Et pourquoi ?

TADDEO.

Pour vous voir. — Pourquoi ? quelle demande !
Se passe-t-il une heure où je ne vous attende ?
Nuit et jour je m'embusque, espérant un coup d'œil,
Et, banni du foyer, je rôde autour du seuil.

ANTONIA.

Il faut bien vous bannir, puisque votre famille
Croit mon père hérétique et repousse sa fille ;
Il ne nous sied donc plus de recevoir chez nous
L'amant qui ne doit pas devenir un époux.

TADDEO.

Ah ! savants et dévots, soyez maudits ensemble,
Vous tous qui séparez ce que le cœur assemble !
Mais l'amour est plus fort que les inimitiés :
Conservez-moi la foi que vous me promettiez,
Et, qu'on le veuille ou non, je jure sur mon âme,
O douce Antonia, que vous serez ma femme.

ANTONIA.

Plaise au ciel, Taddeo ! — Quoi qu'on fasse de nous,

Je jure de n'avoir d'autre mari que vous.
— Et maintenant, adieu.

TADDEO.

Déjà ! Qu'allez-vous faire ?
Puis-je vous suivre ?

ANTONIA.

Non. Je vais chercher mon père ;
Il s'attarde, ce soir, à contempler le ciel ;
Ma mère gronde ; — ainsi, laissez-moi.

TADDEO, la retenant par la main.

C'est cruel !
— Ne m'ôtez pas vos mains si doucement étreintes !
— Parlons de nos amours.

ANTONIA.

C'est trop long.

TADDEO.

De nos craintes.

ANTONIA.

C'est trop triste.

TADDEO.

Parlons... de votre père. — Ah ! oui :
Quatre mondes nouveaux ont été vus par lui ;
Est-ce vrai ?

ANTONIA.

C'est très-vrai. — Quel étonnant mystère !
Il les croit habités tout comme cette terre.
Croyez-vous, Taddeo ?

TADDEO.

Je ne sais pas. Je sais
Que vous, vous habitez sous ce toit ; c'est assez.
Votre maison pour moi renferme tous les êtres ;
La lumière qu'on voit, le soir, à vos fenêtres,
Brille d'un tel éclat, qu'elle efface à mes yeux
Tout ce qu'on peut compter d'étoiles dans les cieux.

ANTONIA, s'asseyant sur un banc de pierre, et rêvant.

Dans ces mondes lointains, peut-être, à l'instant même,
Un amant s'entretient avec celle qu'il aime.

TADDEO.

Assurément. Pourquoi Dieu les aurait-il faits,
Sinon pour y loger des amants satisfaits?

ANTONIA.

Ce qu'ils disent entre eux, je voudrais bien l'entendre.

TADDEO.

Je l'entends; dans mon cœur il suffit de descendre.
L'amoureux dit là-haut ce qu'ici-bas je dis :
Qu'elle passe en beauté l'ange du paradis;
Ses yeux sont deux soleils; son doux regard enïvre,
Brûle et donne un frisson, fait mourir et fait vivre;
Elle apporte l'aurore; elle vient, tout reluit;
Elle part, tout est morne et rentre dans la nuit;
Elle arrive trop tard; elle s'en va trop vite;
Il l'attend vainement, se plaint qu'elle l'évite,
Ne peut jamais la voir assez pour la bien voir,
Et la contemplerait du matin jusqu'au soir;
Les siècles finiraient plutôt que son extase;
Mais, elle absente, alors le poids du temps l'écrase;
Rien ne l'émeut, sinon l'entrevue à venir;
Il vit par cet espoir et par le souvenir;

Il a toujours de loin cent choses à lui dire;
Mais, près d'elle, il se trouble et sa parole expire.

ANTONIA.

Et comment répond-elle?

TADDEO.

Ah! je l'ignore.

ANTONIA.

Eh bien,
Je le sais, moi.

TADDEO, ardemment.

Parlez! que dit-elle?

ANTONIA.

Rien.

TADDEO.

Rien!

ANTONIA, se levant.

Mais elle lui sourit et sur son bras s'appuie,
Et se sent tout émue et tout épanouie. -
— Bonsoir, mon Taddeo; prenons garde aux passants;
Séparons-nous. J'ai peur des propos médisants.

TADDEO, avec un soupir.

Amants aériens, peut-être qu'où vous êtes
Il n'est point de fâcheux pour déranger vos fêtes !
Nul théologien ne vient vous désoler ;
Vous pouvez librement vous voir et vous parler.

ANTONIA.

Oh ! s'il est vrai, montons où le bonheur habite!
Dans un rayon d'étoile emporte-moi bien vite !
Viens ; cherchons cet Éden, soit vers les régions
Où l'œil de Sirius lance de bleus rayons,
Soit vers la Lyre d'or, soit aux rives où nage,
Parmi les flots Lactés, le Cygne au blanc plumage !
Et vous, accueillez-nous, soyez-nous bienveillants,
Hôtes mystérieux de ces mondes brillants !
Sans doute on voit chez vous tant et tant de merveilles,
Qu'à peine dans un songe on en voit de pareilles :
Des cercles de rubis ceignent vos horizons ;
Des oiseaux inconnus chantent sous vos buissons ;
Un vent frais, murmurant dans les nuits échauffées,
Fait frémir les roseaux où chuchotent des fées ;
La lune, toujours pleine en un ciel toujours pur,
Change en frissons d'argent les plis des lacs d'azur ;

Une langueur descend des cimes vaporeuses ;
Le silence du soir prend des voix amoureuses ;
L'air enivre ; la source exhale des soupirs ;
Et dans les creux vallons, hantés par les zéphirs,
Des parfums, des clartés molles, des harmonies
Enveloppent l'hymen de deux âmes unies.
— Quel rêve, Taddeo ! quel malheur, n'est-ce pas ?
Qu'il referme son aile et retombe ici-bas !
Ah ! la réalité nous entoure et nous presse ;
Les groupes plus nombreux se rapprochent sans cesse.
Adieu, mon bien-aimé.

Elle sort.

TADDEO, la suivant des yeux.

Va, ma chérie ! Adieu !
Que la Vierge et les saints te suivent en tout lieu !
Tu pars, en me laissant un bien-être céleste ;
Le soleil disparaît ; le crépuscule reste ;
L'endroit où tu n'es plus est encor plein de toi ;
Je garde ton image et ton accent en moi,
Et je veux me plonger en moi-même et m'y clore,
Pour n'y voir que toi seule et t'écouter encore.

Il va s'asseoir sur le banc.

SCÈNE II.

TADDEO, absorbé dans sa rêverie ; VIVIAN, ALBERT;
GROUPES, au bout de la rue.

ALBERT, allant à Vivian, qui est arrêté dans la rue.

Que fais-tu, Vivian, et dans ce carrefour
Que font tous ces gens-là ?

VIVIAN, montrant la tour au fond du théâtre.

Nous regardons la tour.

ALBERT.

Qu'y voit-on ?

VIVIAN.

Un spectacle auguste : Galilée
Plongeant son télescope en la nuit étoilée.

ALBERT.

Bah ! ce n'est qu'un morceau de verre, un hochet vain.

VIVIAN.

C'est un tube magique, Albert, un œil divin
Qui, dans les profondeurs des cieux inaccessibles,
Révèle aux yeux humains les mondes invisibles

Sache que la lueur des astres découverts
Éclaire d'un vrai jour l'ordre de l'univers :
Jupiter nous instruit; ses lois nous sont communes;
Comme autour du Soleil il tourne avec ses lunes,
Notre Terre, qu'emporte un mouvement pareil,
Avec sa Lune aussi tourne autour du soleil.

ALBERT.

Mais Aristote affirme...

VIVIAN.

Eh! qu'importe Aristote?
Faut-il jurer par lui, même quand il radote?
Il pensait librement; faisons donc comme lui,
Et voyons par nos yeux, non par les yeux d'autrui.

ALBERT.

Ami, sur ces hauteurs je n'ose pas te suivre;
J'y crains cet air trop vif dont ton poumon s'énivre;
Où ton esprit s'exalte un vertige me prend,
Et pour mes faibles yeux l'horizon est trop grand.
Prends garde, en t'élevant par-dessus toute chose,
De franchir les confins que l'autorité pose,
Et songe, retenant ton bras déjà tendu,

Qu'à l'arbre du savoir pend le fruit défendu.
— De tout homme pieux Galilée a le blâme.

VIVIAN.

Tout homme intelligent à ses leçons prend flamme.

ALBERT.

Tous les vieux professeurs se liguent contre lui.

VIVIAN.

De tous les jeunes gens il a l'ardent appui.
Prends au hasard :

Cherchant autour de lui, et apercevant Taddeo.

Voici Taddeo ; qu'il prononce.

Allant vers Taddeo.

Taddeo ! Taddeo !

Secouant le bras de Taddeo, qui n'entend pas.

Holà ! fais-nous réponse.

Nous parlons, Taddeo, de Galilée.

TADDEO, toujours absorbé.

Hélas !

Qu'il est heureux ! Il voit ce que je ne vois pas.

VIVIAN.

Les étoiles ?

TADDEO, se levant.

Oui, oui, mon astre, mon étoile !
— Que fais-tu loin de moi, dans la nuit qui te voile ?
As-tu quelque rayon tourné vers mon exil ?
Suis-je dans ta pensée ?

Il sort, sans prendre garde à Vivian.

VIVIAN.

A qui diantre en a-t-il ?

L'appelant.

Hé !

ALBERT.

Laisse-le ; sa tête est ailleurs occupée.
— Adressons-nous plutôt au professeur Pompée.

SCÈNE III.

LES MÊMES; LE PROFESSEUR POMPÉE.

POMPÉE, regardant les groupes en haussant les épaules.

Fi ! les sots ! les badauds !

ALBERT.

Bonjour, seigneur docteur.

POMPÉE, s'adressant toujours aux groupes.

Fi !

VIVIAN.

Salut au seigneur Pompée.

POMPÉE.

Ah ! serviteur.
— En vérité, ce peuple est pire que la brute.

ALBERT.

Sur certain point, docteur, nous sommes en dispute ;
Et voudrions savoir ce que vous en pensez.

POMPÉE.

Il sied de demander conseil aux gens sensés.
— Çà, de quoi s'agit-il ?

VIVIAN.

De quatre satellites
Autour de Jupiter décrivant leurs orbites.

POMPÉE.

Ils n'existent pas.

VIVIAN.

Mais...

POMPÉE.

Ne sauraient exister.

VIVIAN.

On peut les voir pourtant et l'on peut les compter.

POMPÉE.

On ne peut les compter, puisqu'ils ne sauraient être.

ALBERT.

Tu l'entends, Vivian?

VIVIAN, à Pompée.

Et pourquoi cela, maître?

POMPÉE.

Parce que, soutenir que Dieu peut avoir fait
Quatre globes en sus des sept globes qu'on sait
Est un propos méchant, un thème chimérique,
Antireligieux, antiphilosophique.

VIVIAN.

Pourquoi, seigneur Pompée, est-ce un méchant propos?

POMPÉE.

Parce que la nature abhorre ce chaos,
Et que c'est outrager d'une façon horrible
L'immutabilité du ciel incorruptible.

VIVIAN.

Daignez prendre en pitié mon humble entendement,
Maître, et vous expliquer un peu plus clairement.

POMPÉE.

N'est-il pas vrai que l'homme et la plupart des êtres
Au-devant de leur chef ont comme sept fenêtres,
Savoir : la double ouïe, une bouche, deux yeux,
Deux narines, par où l'air, pénétrant chez eux,
Porte au reste du corps, selon chaque ouverture,
La lumière, le son, l'odeur, la nourriture,
Et qui sont les sept points les plus intéressants
Du *microcosme* ou monde abrégé?

VIVIAN.

J'y consens.

POMPÉE.

De même, — notez bien l'identité profonde, —
De même dans le ciel, *macrocosme* ou grand monde,
Sept planètes en tout composent l'appareil :
Deux luminaires, c'est la Lune et le Soleil ;
Deux astres ennemis, d'influence maligne :
Mars et Saturne ; deux, d'influence bénigne :
Jupiter et Vénus ; puis, Mercure indécis.
— De ces faits, comme encor d'autres non moins précis,
Soit que l'ordre profane offre les témoignages
Des sept métaux, des sept merveilles, des sept sages,
Soit que l'ordre sacré nous montre sept flambeaux,
Sept psaumes pénitents, sept péchés capitaux,
Nous devons recueillir ces conséquences nettes :
Que le nombre de sept est celui des planètes,
Que c'est tout justement le nombre qu'il leur faut,
Sans qu'il puisse jamais être plus ni moins haut,
Et qu'ainsi Jupiter n'a point de satellites,
Puisqu'ils ajouteraient des nombres illicites.

VIVIAN.

Cependant...

POMPÉE.

Et, de plus, observez que toujours

On a distribué la semaine en sept jours,
Et qu'on les a nommés du nom des corps célestes,
Lesquels, soit bienfaisants, soit douteux, soit funestes,
Exercent tour à tour leur domination
Sur l'heure attribuée à leur rang d'action.
Si donc nous augmentions le nombre des planètes,
N'augmentant pas celui des heures leurs sujettes,
Nous bouleverserions jusqu'en son fondement·
La régularité de cet arrangement,
Ce qui mettrait partout un désordre incroyable.

VIVIAN.

Il est vrai; ce serait une chose effroyable.
Tenez ferme : haro sur les nouveaux venus!
Il faut dire leur fait à ces quatre inconnus,
A ces perturbateurs, à ces vagabonds d'astres,
Qui plongent la science en de si grands désastres.
Oui, chassez-moi du ciel ces intrus sans aveu;
De quoi se mêlent-ils, je le demande un peu,
De venir après coup, quand les places sont prises,
Déranger brusquement les planètes assises?
C'est une impertinence, une incongruité,
Et j'approuve beaucoup votre sévérité.

ALBERT, *regardant au fond et écoutant.*

Des cris!

VIVIAN.

C'est Galilée, — oui, c'est lui qu'on acclame.

POMPÉE, *regardant les étudiants qui escortent Galilée.*

Gobe-mouches niais! et charlatan infâme!

ALBERT, *à Vivian, pendant que Pompée fait des gestes de colère contre les groupes.*

Tu vois que le docteur Pompée est contre toi.

VIVIAN.

Tant mieux pour la doctrine en laquelle j'ai foi;
De toute vérité la marche naturelle,
C'est d'ameuter d'abord tous les pédants contre elle.

SCÈNE IV.

LES MÊMES, GALILÉE, ANTONIA, TADDEO, ÉTUDIANTS,
PEUPLE, UN PAYSAN, UNE PAYSANNE, UN MOINE.

VOIX, *dans le fond du théâtre.*

Vive Galilée!

POMPÉE.

Hon!

A Vivian.

Moi, je professe aussi.

VIVIAN.

Oui.

POMPÉE.

M'a-t-on fait l'accueil qu'on fait à celui-ci?

VIVIAN.

Non.

POMPÉE.

M'a-t-on applaudi?

VIVIAN.

Non.

POMPÉE.

La ville attroupée
Cria-t-elle jamais : « Vive, vive Pompée? »

VIVIAN.

Jamais.

POMPÉE.

Jugez par là combien les bons esprits
Doivent au goût public attacher peu de prix,
Et sachez comme moi dédaigner un hommage
Qu'on offre à l'imposteur et qu'on refuse au sage.

VIVIAN.

J'entre, seigneur, Pompée, en vos justes courroux;
Mais aussi vous avez votre estime pour vous,
Un bien qui vous est propre, où nul ne vous dérange,
Et dont vous jouissez, cher docteur, sans mélange.

PLUSIEURS ÉTUDIANTS, arrivant sur la scène.

Vive Galilée!

TOUS.

Oui!

UN ÉTUDIANT.

Vive le grand docteur!

UN AUTRE ÉTUDIANT.

L'astronome immortel! le sublime inventeur!

POMPÉE.

Bêlez, moutons, bêlez !

Galilée paraît dans le fond, appuyé sur sa fille, et saluant. — Il descend
lentement sur le devant de la scène.

VIVIAN, à Albert, en lui montrant Galilée.

Quelle majesté brille
Sur son front ! Qu'il est beau, s'appuyant sur sa fille !

Allant à Galilée.

Salut, ô Galilée, ô maître glorieux,
Prince de la science, explorateur des cieux,
Honneur de ta patrie et lumière du monde !
La terre de Saturne, en demi-dieux féconde,
La mère des héros et des grands écrivains
S'applaudit de t'avoir fourni ses flancs divins ;
La nouvelle Italie, échappée aux ténèbres,
T'inscrit au premier rang de ses enfants célèbres ;
Le genre humain t'adopte, et la postérité
S'inclinera devant son aïeul respecté.

TOUS.

Honneur à Galilée !

VIVIAN, à Antonia.

Et vous, soyez bénie,

Vous, gracieux appui de l'austère génie,
Jeune fille! — On croirait voir, en vous contemplant,
Autour d'un marbre antique un lierre s'enroulant;
Dans ce groupe sacré, l'un rayonne sur l'autre;
Vous recevez un lustre et vous prêtez le vôtre:
Sur vous descend sa gloire, et, par vous rafraîchis,
Votre jeunesse monte à ses cheveux blanchis.

ANTONIA, à Galilée.

O père bien-aimé, que je me sens émue!
Que cette ovation doucement me remue!

GALILÉE, à Vivian et aux étudiants.

Merci, cher Vivian; — mes bons amis, merci!
Mais c'est assez; Dieu seul doit triompher ici;
Je ne suis qu'un héraut de ses lois souveraines,
Dont Copernic d'abord découvrit les domaines.
Gardez donc votre hommage au grand ordonnateur.

UN PAYSAN, tirant Galilée par son habit.

Docteur, voici ma main.

UNE JEUNE FILLE, le tirant de l'autre côté.

Voici ma main, docteur.

GALILÉE.

Et pourquoi, s'il vous plaît?

LE PAYSAN.

Pour savoir, Excellence,
Si contre Filipo je puis avoir sentence.

LA JEUNE FILLE.

Et moi, c'est pour savoir quand je me marîrai.

LE PAYSAN.

Je vous paîrai bien.

LA JEUNE FILLE.

Moi, je vous embrasserai.

GALILÉE.

Mes enfants, je ne puis vous répondre; j'ignore
Comment arrivera ce qui n'est pas encore.

LE PAYSAN.

Eh! vous n'êtes donc pas sorcier?

GALILÉE.

Pas plus que toi.

LA JEUNE FILLE.

Mais que savez vous donc?

GALILÉE.

Je sais ce que je voi.

LA JEUNE FILLE.

Pardi! c'est bien malin.

LE PAYSAN.

Et que pouvez-vous faire,
Si vous n'êtes sorcier, de vos grands yeux de verre?

LA JEUNE FILLE.

Que sert de regarder les astres, chaque soir,
Si vous n'y trouvez pas ce qu'on voudrait savoir?

POMPÉE, au paysan et à la jeune fille.

Suivez-moi; vous aurez réponse à toute chose.

LE PAYSAN.

Vous me direz comment on jugera ma cause?

LA JEUNE FILLE.

Je saurai si je dois me marier bientôt?

POMPÉE.

Je vous puis là-dessus renseigner comme il faut,
D'après votre naissance, et le thème céleste,
Et la conjonction des astres, et le reste.

Un groupe se forme autour de Pompée, pour l'écouter.

Je possède Zaël, Maginus, Bonatus,
Pythagore, Avicenne, Agrippa, Duretus;
L'alphabet sidéral est pour moi sans mystère,
Et je connais le ciel aussi bien que la terre.
Rien ne m'est étranger, ni les Douze Maisons,
Ni les Almochodens et Catabibazons,
Ni les signes heureux et les signes hostiles,
Sous leurs aspects conjoints, ternaires et sextiles,
Ni les degrés divers, ni la nativité
Calculée *ab horis,* ou par triplicité.

LE PAYSAN, avec admiration.

A la bonne heure donc! Il parle comme un livre.

LA JEUNE FILLE.

C'est le vrai savant, ça; c'est celui qu'il faut suivre.

Ils sortent avec Pompée.

UN MOINE, monté sur le banc de pierre dans un autre groupe.

Écoutez ce que dit l'Apôtre : *Dans les cieux*
Pourquoi, Galiléens, promenez-vous vos yeux ?
C'est ainsi que d'avance il lançait l'anathème
Contre toi, Galilée, et contre ton système.
Nous-mêmes, aujourd'hui, nous voyons clairement
En quelle horreur le Ciel a cet enseignement,
Et l'Arno débordé, la grêle sur nos vignes,
Sont du courroux divin les lamentables signes.
— Mes frères, méprisez ces mensonges grossiers ;
Pour que la terre marche, est-ce qu'elle a des pieds ?
Si la lune se meut, c'est qu'un ange la guide ;
Car à chaque planète un conducteur préside ;
Mais la terre, où serait son ange ? — Sur les monts ?
On l'y verrait. — Au centre ? Il loge les démons.

UNE VOIX, dans le groupe.

C'est vrai.

LE MOINE.

Si nous tournions, l'hirondelle qui plane
Ne retrouverait plus son nid sous la cabane ;
Et les traits qu'en avant on aurait décochés
Tomberaient, loin du but, derrière les archers.

VOIX, dans le groupe.

Évidemment.

GALILÉE, à Vivian.

Voilà les raisons qu'on m'oppose!

HOMMES DU PEUPLE.

Vive le moine!

ÉTUDIANTS.

A bas le moine!

ANTONIA, effrayée, à Galilée.

Il est nuit close;
Rentrons.

LE MOINE, allant a Galilée.

Maître, aux devins tu n'ajoutes pas foi?

GALILÉE.

Non.

LE MOINE.

J'essaîrai pourtant leur science sur toi.

Il lui prend la main.

Montre ta main. — J'y vois le trait triangulaire:
C'est la ligne du feu. Prends garde au bûcher.

Il sort.

ANTONIA, emmenant Galilée.

                                        Père,
Rentrons, au nom du Ciel! Ma mère attend.

GALILÉE, aux étudiants.

                                        Bonsoir,
Mes amis.

TADDEO, à Antonia.

Au revoir, ma chère âme! au revoir!

VIVIAN, se retirant avec les autres étudiants.

Vive Galilée!

Tout le monde sort, excepté Galilée et Antonia.

SCÈNE V.

GALILÉE, ANTONIA, puis LIVIE.

Galilée frappe à la porte de sa maison. — Livie vient ouvrir.

LIVIE, sur le seuil.

Ah! c'est vous! — Que signifie,
S'il vous plaît, ce sabbat dont on nous gratifie?

GALILÉE.

Bon, bon, ne grondons pas. Quelques étudiants
Me témoignaient ainsi leurs vœux un peu bruyants.

LIVIE.

Eh! qu'ils restent chez eux, sans hurler à ma porte!
Quel besoin avez-vous que l'on vous fasse escorte?

Descendant du seuil dans la rue.

A quoi bon, quand il court tant de bruits alarmants,
Irriter les soupçons par ces rassemblements?

GALILÉE.

C'est malgré moi...

LIVIE.

Pourquoi chauffez-vous les cervelles,
En débitant un tas de maximes nouvelles?
Toutes ces nouveautés sont, pour trancher le mot,
Inventions du diable et sentent le fagot;
A la façon déjà dont chacun vous regarde,
Cela finira mal, si vous n'y prenez garde.
Ah! que n'imitez-vous ces dignes professeurs
Qui disent ce qu'ont dit tous leurs prédécesseurs?
Voilà des gens chez qui l'ordre et le bon sens règnent :
Ils enseignent sans bruit ce qu'on veut qu'ils enseignent,
Et, sans se travailler à débattre en public
S'il faut croire Aristote ou croire Copernic,
Ils tiennent sagement que l'opinion vraie
Doit être celle-là pour laquelle on les paie,

Et que, puisque Aristote ouvre le coffre-fort,

Aristote a raison et Copernic a tort.

Aussi ne se font-ils d'affaire avec personne ;

Ils emboursent en paix les florins qu'on leur donne ;

Ils prospèrent ; ils sont bien logés, bien nourris ;

Leurs filles ont des dots et trouvent des maris ;

Leur auditoire est doux et jamais ne s'attroupe ;

Ils rentrent au logis aux heures où l'on soupe ;

Mais vous, vous faites rage, et l'on vous applaudit,

Et, pendant ce temps-là, le dîner refroidit.

GALILÉE.

Eh bien, un dîner froid est encor supportable.

LIVIE, à Antonia.

Va-t'en dire à Beppa de remettre sur table.

Antonia entre dans la maison.

A Galilée.

Dîner si tard ! Vit-on déréglement pareil !

GALILÉE, s'appuyant sur le banc.

Je voulais observer les taches du Soleil.

LIVIE.

Pourquoi ? — Le vouliez-vous débarbouiller ?

GALILÉE, sans l'entendre, et comme se parlant à lui-même.

La tache
Apparaît quinze jours, puis quinze jours se cache;
Elle est visible au bord de l'astre étincelant,
Comme une tache d'encre au bord d'un papier blanc.

LIVIE.

Le Soleil est couché depuis longtemps.

GALILÉE.

Sans doute;
— Mais c'était pleine Lune.

LIVIE, avec un geste d'extrème impatience.

Ah!

GALILÉE, s'animant de plus en plus.

Quel spectacle! — Écoute:
La Lune a des volcans, des plaines, des rochers,
Et des pics orgueilleux et des vallons cachés,
Et l'on peut mesurer par la longueur des ombres
Ses faîtes lumineux ou ses profondeurs sombres.
— L'aube éclaire d'abord le sommet rougissant,
Puis le jour par degrés dans les gouffres descend,
Si bien que, quand la Lune...

LIVIE, poussée à bout, se levant.

Au diantre soit la Lune!
Monterez-vous là-haut pour y chercher fortune,
Quand vous vous trouverez — ce qui tardera peu —
N'avoir plus ici-bas ni pain, ni feu, ni lieu?
— Notre terme est échu; l'argent manque; de sorte
Qu'on nous a menacés de nous mettre à la porte.

GALILÉE, se levant.

Bah! ne paîrons-nous. pas avec mon traitement?
— Il n'en reste plus rien, de vrai, pour le moment;
Mais...

LIVIE.

Oui, oui, nous savons où passent les recettes;
Vous engloutissez tout au fond de vos lunettes.
Est-ce donc d'un bon père? est-ce agir comme il faut?
Vous avez une fille à marier tantôt;
Mais, au lieu d'amasser sa dot livre par livre,
Vous en fondez l'argent dans un tuyau de cuivre!
— Ah! pauvre enfant!

GALILÉE.

Va, va, je lui cherche un mari.

ANTONIA, sortant de la maison.

Ma mère, tout est prêt.

GALILÉE, la baisant au front.

Viens, mon enfant chéri.
Je te garde une dot que n'a nulle princesse.

ANTONIA.

J'ai ton affection, père : c'est ma richesse.

LIVIE.

A Galilée.

Voilà de beaux mots creux ! — Quelle dot?

GALILÉE.

Un joyau
Splendide, inestimable, un diamant si beau,
Qu'il éclipse rubis, et saphirs et topazes.

LIVIE.

Mais quoi?

GALILÉE.

L'astre du soir, Vénus avec ses phases.
— Oui, la reine de Chypre, émule de Phœbé,
Porte à son front, comme elle, un croissant recourbé,

Et ce riche fleuron, ma grande découverte,
Ornera la corbeille à l'épousée offerte.

LIVIE.

Ah! Seigneur, il est fou! Quel désastre nouveau!
Le Soleil et la Lune ont troublé son cerveau;
Il est fou.

SCÈNE VI.

Les Mêmes, un Huissier de l'inquisition, escorté
de Deux Hommes portant des torches:

GALILÉE, apercevant l'huissier arrêté devant la porte.

Chut! voyons ce que nous veut cet homme.

A l'huissier.

Qui cherchez-vous, l'ami?

L'HUISSIER.

N'est-ce pas vous qu'on nomme
Galilée?

GALILÉE.

Oui, c'est moi.

L'HUISSIER.

J'ai reçu mission
De remettre en vos mains cette citation.

(Il lit.)

Au nom de Leurs éminentissimes et révérendissimes Seigneuries, les inquisiteurs généraux contre le crime d'hérésie dans
l'université de la république chrétienne, spécialement délégués
par le saint-siége, vous, Galilée, fils de Vincent Galilée, de
Florence, vous êtes sommé de comparaître devant le saint office,
siégeant à Rome, le 12 avril de la présente année 1633, afin d'y
répondre aux accusations de fausses doctrines, contraires au véri-
table sens et à l'autorité de l'Écriture sainte, ainsi qu'aux accusations d'hérésie dont vous êtes véhémentement soupçonné.

La présente citation, donnée à Rome le 1er mars 1633, a
été signifiée, aujourd'hui 15 mars de la même année, à vous,
Galilée, en votre domicile, à Florence, par moi, Lotario Sarsi,
huissier de l'inquisition.

G A L I L É E, prenant la citation.

C'est bien ; mais je ne sais à quel titre on me somme ;
Je ne relève pas des tribunaux de Rome,
Et j'appartiens, ce semble, étant sujet toscan,
Aux juges de Florence, et non du Vatican.

L'HUISSIER.

D'autres éclairciront mieux que moi votre doute.
J'ai rempli mon mandat, et me remets en route.

Il sort.

SCÈNE VII.

GALILÉE, LIVIE, ANTONIA.

ANTONIA, se jetant au cou de son père en pleurant.

Ah ! mon père !

LIVIE.

Grand Dieu !

ANTONIA.

Je ne te quitte pas.

Qu'ils viennent, les bourreaux, t'arracher de mes bras !

LIVIE.

Oh ! l'inquisition ! Les tortures, les chaînes,

Le bûcher ! — Tout mon sang se glace dans mes veines.

Éclatant en sanglots.

Ah ! mon pauvre mari ! mon bon vieux compagnon !

Elle l'embrasse.

ANTONIA.

Partons, père ! Fuyons !

LIVIE.

Oui, fuyons vite !

GALILÉE.

Non.

Fuir est d'un criminel. Dé quoi qu'on me menace,
A mes accusateurs je prétends faire face.

LIVIE.

Sainte Vierge ! c'est fait de nous.

ANTONIA.

Ah ! ciel !

GALILÉE.

Voyons ;
Modérons, s'il vous plaît, ces lamentations.
Ne pleure plus, enfant ; cesse tes sanglots, femme ;
Le danger n'est pas tel qu'il faille qu'on se pâme.
J'ai foi dans le grand-duc ; il saura protéger
Un de ses serviteurs contre un glaive étranger ;
Puis, dût-il me livrer aux rigueurs du saint-siége,
Je compte des amis dans le sacré collége,
Et je me défendrai de ce ton convaincu
Par qui plus d'une fois le bon droit a vaincu.

LIVIE.

Ah ! je l'avais bien dit ! Ah ! méchantes lunettes !
Fussiez-vous dans l'Arno, vous, avec les planètes !

Que ne me croyait-on ! Que ne s'est-on soumis !
Pourquoi parler si haut, quand ce n'est pas permis ?
Pourquoi contrarier les croyances publiques ?
Pourquoi faire imprimer des livres diaboliques ?
Pourquoi...?

GALILÉE.

Rentrons ; vos cris assemblent les passants.
Allons dîner en paix, comme d'honnêtes gens.
J'ai fait en tout ceci selon ma conscience,
Et ma libre parole est due à la science.

LIVIE, avant de rentrer.

Quand on pense, monsieur, de si haute façon,
On ne fait pas d'enfant et l'on reste garçon.

FIN DU PREMIER ACTE.

ACTE DEUXIÈME

ACTE DEUXIÈME.

Le cabinet de Galilée, à Florence.

SCENE PREMIÈRE.

GALILÉE, seul.

Non, les temps ne sont plus où, reine solitaire,
Sur son trône immobile on asseyait la Terre;
Non, le rapide char, portant l'astre du jour,
De l'aurore au couchant ne décrit plus son tour;
Le firmament n'est plus la voûte cristalline
Qui, comme un plafond bleu, de lustres s'illumine;
Ce n'est plus pour nous seuls que Dieu fit l'univers;
Mais, loin de nous tenir abaissés, soyons fiers!
Car, si nous abdiquons une royauté fausse,
Jusqu'au règne du vrai la science nous hausse;
Plus le corps s'amoindrit, plus l'esprit devient grand;
Notre noblesse croît où décroît notre rang;

Il est plus beau pour l'homme, infime créature,

De saisir les secrets voilés par la nature,

Et d'oser embrasser dans sa conception

L'universelle loi de la création,

Que d'être, comme aux jours d'un vaniteux mensonge,

Roi d'une illusion et possesseur d'un songe,

Centre ignorant d'un tout qu'il croyait fait pour lui,

Et que par la pensée il conquiert aujourd'hui.

Soleil, globe de feu, gigantesque fournaise,

Chaos incandescent où bout une genèse,

Océan furieux où flottent éperdus

Les liquides granits et les métaux fondus,

Heurtant, brisant, mêlant leurs vagues enflammées

Sous de noirs ouragans tout chargés de fumées,

Houle ardente, où parfois nage un îlot vermeil,

Tache aujourd'hui, demain écorce du Soleil;

Autour de toi se meut, ô fécond incendie,

La Terre, notre mère, à peine refroidie,

Et, refroidis comme elle et comme elle habités,

Mars sanglant, et Vénus, l'astre aux blanches clartés,

Dans tes proches splendeurs Mercure qui se baigne,

Et Saturne en exil aux confins de ton règne,

Et par Dieu, puis par moi, couronné dans l'éther

D'un quadruple bandeau de lunes, Jupiter.

Mais, astre souverain, centre de tous ces mondes,
Par delà ton empire aux limites profondes,
Des milliers de soleils, si nombreux, si touffus,
Qu'on ne peut les compter dans leurs groupes confus,
Prolongent, comme toi, leurs immenses cratères,
Font mouvoir, comme toi, des mondes planétaires,
Qui tournent autour d'eux, qui composent leur cour,
Et tiennent de leur roi la chaleur et le jour.
Oh! oui, vous êtes mieux que des lampes nocturnes
Qu'allumeraient pour nous des veilleurs taciturnes,
Innombrables lueurs, étoiles qui poudrez
De votre sable d'or les chemins azurés;
Chez vous palpite aussi la vie universelle,
Grands foyers, où notre œil ne voit qu'une étincelle.

Montons, montons encor. D'autres cieux fécondés
Sont, par delà nos cieux, d'étoiles inondés.
Franchissant notre azur, mon hardi télescope
De notre amas stellaire a percé l'enveloppe;
Hors de ce tourbillon monstrueux de soleils,
J'ai vu l'infini plein de tourbillons pareils;
Oui, dans ces gouffres bleus, dans ces profondeurs sombres
Dont la distance échappe au langage des nombres,
Il est — je les ai vus — des nuages laiteux,
Des gouttes de lumière aux rayons si douteux,

Qu'un ver luisant, caché dans l'herbe de nos routes,
Jette assez de lueur pour les éclipser toutes;
La lentille, abordant ces archipels lointains,
Résout leur blancheur vague en mille astres distincts,
Puis entrevoit encore, ascension sans borne!
D'autres fourmillements dans l'immensité morne.
Et quand, le télescope étant vaincu, mon œil
Du vide et de la nuit croit atteindre le seuil,
Au regard impuissant succède la pensée,
Qui, d'espace en espace éperdument lancée,
Ne cesse de sonder l'infini lumineux
Que prise, en le sondant, d'effroi vertigineux.

Et partout l'action, le mouvement et l'âme!
Partout, roulant autour de leurs centres en flamme,
Des globes habités, dont les hôtes pensants
Vivent comme je vis, sentent ce que je sens,
Les uns plus abaissés, et les autres peut-être
Plus élevés que nous sur les degrés de l'être!
Que c'est grand! que c'est beau! Dans quel culte profond
L'esprit, plein de stupeur, s'abîme et se confond!
Inépuisable Auteur, que ta toute-puissance
S'y montre dans sa gloire et sa magnificence!
Que la vie, épanchée à flots dans l'infini,
Proclame vastement ton nom partout béni!

Allez, persécuteurs ! lancez vos anathèmes !

Je suis religieux beaucoup plus que vous-mêmes.

Dieu, que vous invoquez, mieux que vous je le sers :

Ce petit tas de boue est pour vous l'univers ;

Pour moi sur tous les points l'œuvre divine éclate ;

Vous la rétrécissez, et, moi, je la dilate ;

Comme on mettait des rois au char triomphateur,

Je mets des univers aux pieds du Créateur.

— Science, amour du vrai, flamme pure et sacrée,

Sublime passion par Dieu même inspirée,

Contre tous les périls arme-moi, soutiens-moi ;

Élève ma constance au niveau de ma foi !

Et puisse le bûcher expier mon génie

Avant que ton amant, Vérité, te renie !

En étouffant ma voix, on n'étouffera pas

Mon vif enseignement, grandi par mon trépas ;

Il vole, il est dans l'air, conquérant invisible ;

Il est dans les esprits, ce temple inaccessible.

La lumière a pour tous jailli de mon cerveau ;

Vous n'arrêterez plus, tyrans, ce jour nouveau.

Je lègue à l'avenir mon âme tout entière,

Et fais l'humanité de mon œuvre héritière.

— Qui vient ?

SCÈNE II.

GALILÉE, L'INQUISITEUR COMMISSAIRE DU SAINT OFFICE.

L'INQUISITEUR.

Un délégué de l'inquisition.

S'asseyant.

Écoute, Galilée, avec attention ;
Pèse bien chaque mot : la sainte compagnie,
En blâmant tes erreurs, reconnaît ton génie ;
C'est un présent de Dieu qu'elle sait voir en toi,
Mais dont elle est contrainte à condamner l'emploi,
Car ton ingratitude à Dieu lui-même oppose
Le don qu'il t'avait fait pour défendre sa cause.
Désirant allier à l'intérêt chrétien
Les égards que mérite un nom comme le tien,
Et frappant à regret, de sa main paternelle,
Le fils trompé plutôt que le sujet rebelle,
Le saint office, envers tes offenses clément,
Veut bien ne t'infliger qu'un léger châtiment,
Si, par un désaveu dans la forme authentique,
Tu détestes d'abord ta doctrine hérétique.

Il lui tend un parchemin.

Le voici ; prends et lis. — Tu n'auras, devant nous,

Après l'avoir signé, qu'à le lire à genoux ;

Se levant.

Mais, si dans ses erreurs ton orgueil persévère,

Redoute, Galilée, un châtiment sévère.

Quant à croire échapper au sacré tribunal

En te réfugiant sous le manteau ducal,

C'est folie ; en eût-il le désir sacrilége,

Le duc n'est pas de taille à braver le saint-siége.

GALILÉE.

Qui sait !

L'INQUISITEUR.

Songe à Bruno ; rappelle-toi sa mort,

Et, trente ans après lui, prends garde au même sort.

GALILÉE, après avoir parcouru des yeux la rétractation.

Je rends très-humblement grâce à Leurs Éminences,

Et je voudrais agir suivant leurs convenances ;

Mais quoi ! sans outrager Dieu que j'attesterais,

Puis-je déclarer faux les points que je crois vrais ?

L'INQUISITEUR.

Il n'est de vérité que dans les Écritures ;

Tout le reste est erreur, visions, impostures ;

Ce qu'on croit de contraire à leur enseignement

N'est pas une clarté, c'est un aveuglement.

GALILÉE.

Oui, la foi du chrétien par leur règle est régie ;
Leur seule autorité règne en théologie,
Et l'adoration doit courber nos esprits
Sous les dogmes divins que l'on y voit inscrits ;
Mais le monde physique échappe à leur domaine ;
Dieu le livre en entier à la dispute humaine ;
Comme il s'agit d'objets qui tombent sous les sens,
Les sens et la raison s'y montrent tout-puissants ;
L'autorité se tait ; nul ordre ne peut faire
Des rayons inégaux au centre de la sphère,
Nul ne peut d'hérésie accuser le compas,
Ni décréter qu'un corps tournant ne tourne pas.
L'œil est juge, en un mot, de l'univers visible.
Si le dogme immuable est fixé par la Bible,
La science répugne à l'immobilité,
Et, mourant dans les fers, vit par la liberté.
Il lui faut le grand jour, l'espace et l'aventure ;
Marcher, toujours marcher, ainsi veut sa nature ;
Chaque siècle la pousse et la lègue au suivant,
Qui la prend avancée et la porte en avant.
Et, nous qui recevons son antique héritage
Enrichi des progrès accomplis d'âge en âge,

Devons-nous pas aussi, nous, pour nos successeurs
Accroître ce dépôt de nos prédécesseurs?

L'INQUISITEUR.

Non, si l'impiété doit y puiser une arme;
Car le progrès s'arrête où le culte s'alarme.
Laisse la vanité de tes distinctions,
Cet art de colorer les insurrections;
Tu veux pour la science une liberté fausse,
Abondante en périls, et d'impiétés grosse.
Non, la science en rien n'est libre de la foi,
Et n'a jamais sa règle uniquement en soi;
En mille égarements la jette un tel divorce;
C'est sa soumission qui fait toute sa force;
Elle va d'un pas sûr, tant qu'elle suit de l'œil
L'étoile qui la guide et lui marque l'écueil;
Mais, dès qu'elle a perdu sa gardienne sublime,
Elle est comme un homme ivre et roule dans l'abîme.
— Qu'un seul savant s'égare à lui-même livré,
Soit; mais ravir à Dieu tout un peuple égaré,
Et sécher la croyance en la troupe innocente
Qui paît parmi nos prés une herbe nourrissante,
C'est ce qu'il ne saurait accomplir en repos
Devant nous, vigilants pasteurs de nos troupeaux.

Or, ne vois-tu donc pas que ton nouveau système,
Troublant l'astronomie, ébranle la foi même?
L'erreur matérielle, admise sur un point,
Dans tout le Testament rend suspect le témoin;
Qui peut avoir failli n'est donc plus infaillible;
Le doute est donc permis, l'examen est possible,
Et l'on conclut bientôt, dès qu'on ose juger,
De la fausse physique au dogme mensonger.

GALILÉE.

Mais à la Bible, enfin, je ne suis pas contraire;
Josué se ployait au langage vulgaire.

L'INQUISITEUR.

Non. Ceci n'est encor qu'un affront travesti:
Sous l'apparent respect, on voit le démenti.
Non, non; le livre saint, foudroyant qui l'accuse,
Demande qu'on le croie et non pas qu'on l'excuse.
— Et, quand il serait vrai, comme ta loi le veut,
Que le Soleil est fixe et la Terre se meut,
Par quel besoin faut-il divulguer un mystère
Qu'un intérêt sacré te commandait de taire?
Dans ce champ où s'ébat la docte vanité,
Rien, en somme, n'importe à notre humanité;
Qu'ont les hommes à faire avec les lois d'un globe

Qu'à leur courte action sa distance dérobe ?
Mais il importe à nous, que le Seigneur a mis
Sur la terre, d'y vivre à sa règle soumis.
Nul ne souffre ici-bas d'une erreur des sciences ;
Un doute sur la foi tûrait les consciences,
Et déshériterait les peuples pervertis
Du remords des forfaits, du frein des appétits.
— Que si d'en bas je monte à la vie éternelle,
Combien plus ton audace apparaît criminelle !
Quoi ! ne frémis-tu pas, en osant te charger
Des âmes dont tu mets le salut en danger ?

GALILÉE.

Moi, détruire la foi, quand j'agrandis le culte !
Montrer Dieu dans son œuvre, est-ce lui faire insulte ?
Ah ! la comprendre mieux, c'est la mieux adorer,
Et c'est l'honorer mal que la défigurer.
Les cieux, selon la Bible en qui nous devons croire,
Les cieux de leur auteur nous racontent la gloire ;
Eh bien, j'ai mieux qu'un autre écouté leur récit,
Et je l'ai répété comme les cieux l'ont dit.
— Par quel besoin ? dit-on. Par un besoin auguste :
La soif du vrai, l'horreur du faux, l'amour du juste.
Dieu mit dans tous les cœurs ces instincts généreux,

Et les fit si puissants, que l'on mourrait pour eux;
C'est là qu'est la grandeur, et la force et la vie;
Qui les sert est pieux, qui les étouffe, impie.
D'ailleurs, est-ce qu'on peut jamais les étouffer,
Et, pour m'avoir vaincu, croirez-vous triompher?
Peut-on barrer le cours d'une vérité neuve?
Arrêter une goutte, est-ce arrêter un fleuve?
Croyez-moi, respectez ces aspirations,
Elles ont trop d'élans et trop d'expansions
Pour souffrir qu'un geôlier les tienne prisonnières;
Laissez-leur le champ libre, ou malheur aux barrières!
— Ah! Rome, aux premiers jours de ton culte proscrit,
Tu disais n'opposer au glaive que l'esprit;
N'as-tu donc triomphé que pour changer de rôle,
Et toi-même opposer le glaive à la parole?

L'INQUISITEUR.

Ton nom, ô Galilée, est la rébellion.

GALILÉE.

Non. Je suis l'examen, et vous, l'oppression.

L'INQUISITEUR.

Insensé, ne cours pas à ta ruine! Abjure.

G A L I L É E.

Je ne puis.

L'INQUISITEUR, montrant la rétractation.

Cet écrit attend ta signature.

— Abjure ; dis-je.

G A L I L É E.

Non.

L'INQUISITEUR.

Je te laisse y rêver.

Quant à moi, j'en ai fait assez pour te sauver.

Je ne redirai pas tes propos détestables ;

On a brûlé pour moins des milliers de coupables.

— Au revoir. Jusque-là, garde ce parchemin,

Et songe que ta vie est dans ta seule main.

Il sort.

GALILÉE, seul, relisant le parchemin, et le rejetant.

Jamais !

SCÈNE III[1].

GALILÉE, LE GRAND-DUC FERDINAND.

LE GRAND-DUC.

Maître, bonjour.

1 : Cette scène est supprimée à la représentation.

GALILÉE.

Quoi! chez moi, Votre Altesse!

LE GRAND-DUC.

Oui, j'apporte un message, et non pas sans tristesse.

GALILÉE.

J'écoute, monseigneur.

LE GRAND-DUC.

        Il est temps de partir,
Galilée; averti, je viens vous avertir :
On accuse déjà vos lenteurs; je crains même
Qu'on ne prenne envers vous quelque mesure extrême.
— J'ai mis une litière à vos ordres; demain,
Il faut qu'au point du jour vous soyez en chemin;
J'ai d'ailleurs obtenu que vous, vieux et malade,
Vous pourriez tout d'abord loger à l'ambassade;
Vous n'irez aux prisons qu'au moment du procès.
Plût à Dieu que mon zèle eût eu son plein succès,
Et qu'ayant cet honneur d'abriter un grand homme,
Florence l'eût sauvé des atteintes de Rome!
J'ai fait ce que j'ai pu : j'ai lutté, protesté,
Revendiquant les droits de l'hospitalité,

Réclamant mon sujet ; mais la lutte inégale
Ébranlait sur mon front la couronne ducale.
Se brouiller avec Rome est un jeu hasardeux :
Je ne vous sauvais pas ; nous périssions tous deux ;
— J'ai cédé.

GALILÉE.

J'en gémis, Altesse ; non pas, certe,
Pour moi, dont pèse peu le salut ou la perte,
Mais pour la liberté des lettres, qui bientôt
N'auront plus un asile où pouvoir parler haut,
Pour vous, pour votre nom, pour votre droit suprême
Que le coup qui me frappe atteint comme moi-même.
Que nous veut Rome ici ? Comment et depuis quand
Peut-elle emprisonner un professeur toscan ?
Par quel code nouveau m'impute-t-elle à crime
Un livre qu'à Florence un Florentin imprime ?
Pardonnez, monseigneur, à d'imprudents discours :
Je ne suis pas versé dans les secrets des cours ;
J'entends mal quand il faut qu'on résiste ou qu'on cède ;
Vous avez fait au mieux pour me venir en aide ;
Je ne puis m'empêcher pourtant d'imaginer
Que c'était un spectacle assez grand à donner,
Qu'un prince et qu'un docteur, d'une égale vaillance,
Défendant, l'un son sceptre, et l'autre, la science.

LE GRAND-DUC.

Tu ne sais pas, vieillard, avec quel bras d'airain
Rome dompte les chefs indociles au frein,
Que de ressorts secrets à ce centre aboutissent,
Et par combien d'échos ses foudres retentissent.
Ce que n'oseraient pas, en de vastes États,
Les rois, les empereurs, les plus grands potentats,
Moi, petit souverain, veux-tu donc que je l'ose?
Fais plutôt, fais sur toi l'effort que je m'impose :
Quelque orgueil qui s'insurge et qui frémisse en toi,
Sous la nécessité courbe-le, comme moi;
Comprime tout élan de ton âme indignée;
A toute injonction montre-la résignée;
N'objecte rien; selon qu'on l'aura décrété,
Tiens le vrai pour erreur, le faux pour vérité;
Il y va de la vie, et j'ai plus d'un indice
Qu'on irait jusqu'au bout du sanglant sacrifice.
— Méditez mes conseils, maître, et partez demain.
Mon appui vous suivra près du juge romain.

Il sort, après avoir tendu la main à Galilée, qui s'incline.

GALILÉE.

Ne vous confiez pas aux puissants de la terre!

— O Venise, sol libre, aux travaux salutaire,

Où j'enseignais en paix, où, de tous applaudi,

Je pris possession de l'espace agrandi,

Ah ! tu n'eusses pas, toi, de mes bourreaux complice,

Livré servilement sa proie au saint office !

Amorcé par un prince, ébloui par la cour,

J'ai fui pour cet appât mon tranquille séjour ;

Je ne vis pas alors que, pour l'homme qui pense,

Nulle haute faveur ne vaut l'indépendance,

Et reçois aujourd'hui le prix bien mérité

De mon ingratitude et de ma vanité.

SCÈNE IV.

GALILÉE, ANTONIA.

GALILÉE, à Antonia, qui s'arrête un moment pour voir
si elle ne le dérange pas.

Entre, ma chère enfant, entre. — As-tu du courage ?

ANTONIA.

Oui, père. J'ai de toi reçu cet héritage.

GALILÉE.

Eh bien, l'heure est venue où tu dois le montrer.

On engage ton père à se déshonorer ;
A ce prix, j'ai ma grâce.

ANTONIA.

A ce prix !

GALILÉE.

Si j'abjure,
On m'absout du génie en faveur du parjure.

ANTONIA, après un silence.

Si ton honneur s'oppose à de tels désaveux,
Fais selon ton honneur, et non selon nos vœux.

GALILÉE.

Bien.—Tu sais, chère enfant, que leur moindre vengeance
Sera l'exil, la vie errante, et l'indigence.

ANTONIA.

Voici ton Antigone. Oui, mon amour pieux
Conduira le proscrit, vainqueur du sphinx des cieux.
Dirigeant ton bâton de vallée en vallée,
Je dirai : « Donnez-moi du pain pour Galilée,
Pour celui qui, privé d'un toit par des chrétiens,
Aurait eu des autels chez les peuples païens. »

GALILÉE.

Ce sera la prison — éternelle, sans doute.

ANTONIA.

J'y passerai ma vie, assise sous la voûte.

GALILÉE.

Ce sera pis encor peut-être.

ANTONIA.

Dieu puissant! .
O mon père! mon père!

GALILÉE.

Ah! pauvre être innocent!
Que vas-tu devenir sans appui, sans asile,
Fille d'un réprouvé pour le peuple imbécile?

ANTONIA.

Il s'agit bien de moi, quand tu vas à la mort!
— Quoi! ne peux-tu sans honte obéir au plus fort?

GALILÉE.

Comment nommerais-tu la sentinelle indigne

Qui devant l'ennemi trahirait sa consigne?

    Écoute, mon enfant : en face du combat,
Une seule terreur me tourmente et m'abat;
Je ne puis pas songer, sans angoisse profonde,
Que tu resteras pauvre et seule dans le monde.
Veux-tu m'ôter ce trouble et me rendre la paix ?
Jure-moi d'obéir à mes derniers souhaits.
— Vivian, noble cœur, intelligence vive,
En laquelle il se peut que ma gloire revive,
Vivian, mon disciple, en homme généreux,
A demandé ta main, nous voyant malheureux.
Je sais que Taddeo briguait cette alliance ;
Mais, puisque ses parents, pris d'une défaillance,
Ont, au premier péril, rompu l'engagement,
Que peut-on en attendre après mon jugement?
Accepte Vivian, et, si j'ai ta promesse,
Content du protecteur qu'après moi je te laisse,
Et retrempant ma force en ton bonheur certain,
Tranquille et souriant, j'attendrai mon destin.

ANTONIA.

Oh! ne me contrains pas à ce serment. J'espère
Ne pas survivre au coup qui frappera mon père.

GALILÉE.

Que dis-tu?

ANTONIA.

    Mais, dussé-je y survivre, en ce cas,
Du sort qui m'est gardé ne t'inquiète pas.
Si je puis supporter l'événement funeste,
Après ce désespoir, peu m'importe le reste ;
Je ne tiens pas de toi ton sang et ta fierté
Pour gémir de l'exil ou de la pauvreté.

GALILÉE.

Elle aime Taddeo!

ANTONIA.

    C'est vrai, c'est lui que j'aime,
— Ou que j'aimais, avant de n'être qu'à toi-même.
Juge donc si je puis à Vivian trompé
Offrir un cœur déjà par un autre occupé.

GALILÉE.

Ah! Dieu! tout mon espoir détruit!

SCÈNE V.

LES MÊMES, TADDEO.

TADDEO.

Daignez m'entendre,
Docteur, et puissiez-vous à nos désirs vous rendre !
Rome attache un tel prix à votre désaveu,
Qu'on met pour l'obtenir tous les moyens en jeu :
Mon père, dirigé par un haut personnage,
Si vous vous rétractez, consent au mariage.
Par votre Antonia, de grâce, au nom du ciel,
Sacrifiez l'orgueil à l'amour paternel !
Résignez-vous ! Songez que l'arrêt qui s'apprête,
En éclatant sur vous, retombe sur sa tête !
Ah ! que n'ai-je le don de parler assez bien
Pour faire en votre esprit passer l'ardeur du mien,
Et pour y faire entrer cette claire lumière
Que la loi naturelle est la règle première,
Qu'on est père avant tout, et qu'à l'œuvre qui vit
On se doit bien plutôt qu'à l'œuvre de l'esprit.

Laissez, au gré de Dieu, laissez errer les mondes ;
S'il couvrit leur secret de ténèbres profondes,
Si pendant cinq mille ans nul œil ne l'a vaincu,
On peut bien vivre encor ainsi qu'on a vécu.
Quand il en sera temps, le maître des étoiles,
Comme il sut les baisser, saura lever les voiles ;
Ne prenez pas un soin que Dieu s'est ménagé,
Et veillez sur l'enfant dont il vous a chargé.
Quoi ! vous avez chez vous ce charme, cette grâce,
Et vous vous souciez des choses de l'espace !
Ah ! plutôt qu'une larme obscurcisse ses yeux,
S'éteigne le soleil et s'écroulent les cieux !

ANTONIA.

C'est assez, Taddeo ; n'accusez pas mon père ;
Il se doit à son nom et fait ce qu'il faut faire ;
Ou, si vous l'accusez, condamnez-moi d'abord,
Car je suis sa complice et nous marchons d'accord.
— Va, mon cher Taddeo, va ; suis ta destinée,
Et laisse-nous la nôtre à l'honneur enchaînée.
Nous étions deux enfants, mon ami, qui, tous deux,
Suivions ingénument la pente de nos vœux ;
Nous ignorions alors qu'on n'est pas sur la terre
Pour le rêve attrayant, mais pour la lutte austère.

Il m'aurait été doux, Taddeo, d'être à toi ;

La fortune en ordonne autrement ; mais, crois-moi,

Elle lui tend la main.

Cette main n'ira pas dans celle d'un autre homme.

Adieu. Sois courageux. — Et nous, mon père, à Rome !

TADDEO, à Antonia.

Quoi ! de ce coup mortel vous frappez nos amours !

Vous !

A Galilée, après avoir attentivement regardé Antonia.

Voyez sa pâleur, qui dément ses discours !

Elle se sacrifie ! Ah ! cœur trop magnanime !

A Galilée.

Osez-vous accepter, cruel, cette victime !

GALILÉE.

Qu'il est heureux, celui qui voit le droit sentier,

Et peut au devoir clair offrir un sang altier !

Dieu ! quels rudes combats il faut que je me livre !

Mis entre deux devoirs, quel des deux faut-il suivre ?

Je ne puis me tourner vers l'une ou l'autre loi,

Sans blesser la nature ou sans trahir ma foi :

Ma fille d'un côté, la vérité de l'autre,

Me font ou mauvais père ou déloyal apôtre.

A· Taddeo et à Antonia.

J'ai besoin de silence et de recueillement ;

Laissez-moi, mes enfants ; allez.

Suivant des yeux Taddeo et Antonia, qui sortent.

Couple charmant !

O fête de l'aïeul, témoin de leur tendresse ;

Qui verrait sous son toit rire cette jeunesse !

FIN DU DEUXIÈME ACTE.

ACTE TROISIÈME

PERSONNAGES

DU TROISIÈME ACTE

GALILÉE.

TADDEO.

VIVIAN.

POMPÉE.

NICCOLINI, Ambassadeur de Toscane.

L'Inquisiteur commissaire du saint office.

Le Président du tribunal de l'inquisition.

ANTONIA.

LIVIE.

Les Inquisiteurs, Moines, Romains et Romaines,
Étudiants de Florence, etc.

ACTE TROISIÈME.

Le château de l'Inquisition, à Rome. — Une salle servant de prison à Galilée ; elle est fermée par des rideaux, et ouvre sur la grande salle où siége le tribunal.

SCÈNE PREMIÈRE.

GALILÉE, TADDEO, VIVIAN, NICCOLINI, ambassadeur de Toscane, ANTONIA, LIVIE.

VIVIAN, embrassant Galilée.

Cher et vénéré maître !

GALILÉE.

Ainsi, vaillant jeune homme,
Pour me presser la main, vous venez jusqu'à Rome.

VIVIAN.

Oui, certe, et non pas seul ; nous sommes tous ici,
Torricelli, Péri, Sagredo, Guiducci,

Nardi , nous tous enfin qui vous devons, ô maître,
Le bonheur de penser et l'orgueil de connaître.

GALILÉE.

Où sont-ils?

VIVIAN, étendant la main vers la fenêtre qui donne sur la rue.

   Sous ces murs; — seul, j'ai pu pénétrer,

Montrant Niccolini.

Grâce à l'ambassadeur que je viens d'implorer.

NICCOLINI.

Tenez votre promesse, en retour.

GALILÉE, regardant la fenêtre.

     Beau cortége
Du captif, que n'ont pas les puissants sur leur siége !
Qu'ils soient les bienvenus ! Sans doute ils viennent voir
Si mon ferme maintien répond à leur espoir,
Et si je sais parler d'une voix aussi fière
Au pied de mon bûcher que du haut de ma chaire.

VIVIAN.

Maître, si nous étions à Florence : « C'est bien,
Dirais-je, résistez et ne rétractez rien. »

Là respire et palpite une jeunesse ardente;
L'enthousiasme habite en la terre de Dante;
J'ameuterais la foule, et tous, peuple, écoliers,
Nous vous arracherions à vos sombres geôliers.
Mais vous êtes dans Rome, où pèse leur main lourde;
Au bruit d'un nom fameux la multitude est sourde;
Les appels de l'esprit n'y trouvent point d'échos,
Et ce qui nous émeut la laisse en plein repos.
Que lui fait la pensée et ses nobles conquêtes?
Elle ne veut encor que du pain et des fêtes,
Et vous verrait périr sur le bûcher en feu,
En tombant à genoux et rendant grâce à Dieu.

GALILÉE.

Et qu'en concluez-vous?

VIVIAN.

Qu'il sied de vous soumettre.

GALILÉE.

Vous aussi, Vivian!

VIVIAN.

Dieu sait, glorieux maître,
Que votre honneur m'est cher, et qu'entre ses suivants
La science me compte au rang des plus fervents.

Si vos soumissions abattaient votre idée,

Si sa victoire était seulement retardée,

Croyez qu'entre elle et vous je n'hésiterais pas :

Pour elle le salut, et pour vous le trépas.

Mais vos leçons l'ont mise en lumière si vive,

Que la nuit n'y peut plus rentrer, quoi qu'il arrive;

Vos disciples nombreux en sont tout éblouis;

Elle rayonnera par eux en tout pays.

Vous pouvez abdiquer, ayant fait une race.

Acceptez le repos et laissez-nous l'audace,

Et comptez que bientôt, passant de main en main,

Votre flambeau fera le tour du genre humain.

    Vivez donc; dérobez aux bourreaux leur victime,

Maître; épargnez à Rome un effroyable crime,

Au monde un cri d'horreur, aux vôtres un grand deuil.

Un martyre inutile est un excès d'orgueil,

Et, dans votre révolte ou votre obéissance,

L'amour-propre est en cause et non plus la science.

Mais l'amour-propre même est sauf, et tout l'affront

Est pour ceux devant qui vous courberez le front;

Oui, par ces désaveux, votre unique refuge,

Ce n'est pas l'accusé qu'on flétrit, c'est le juge.

— Voilà ce qu'avec moi disent tous nos amis;

Je m'acquitte envers eux du soin qu'ils m'ont commis;

Voilà ce qu'à genoux, de l'accent le plus tendre,
Nous vous supplions tous, ô maître, de comprendre.

NICCOLINI.

Écoutez-le, seigneur Galilée; il dit bien.
Sur l'honneur, son avis est en tout point le mien;
C'est aussi, c'est celui d'un puissant personnage:
Je reçois du grand-duc message sur message;
Il m'enjoint d'attaquer votre endurcissement,
De redoubler d'efforts jusqu'au dernier moment,
De mettre sous vos yeux qu'en pareil cas la peine,
C'est le feu, qu'on le sait d'une source certaine;
Un mot de vous l'allume, un mot de vous l'éteint.
L'heure sonne qui va fixer votre destin;

Il montre les rideaux.

Songez que là se tient le tribunal terrible
Qui rendra, dans une heure, un arrêt inflexible.

LIVIE.

Empêchez-le, mes bons seigneurs, au nom de Dieu!
Qu'on ne condamne pas son pauvre corps au feu!
Pourquoi? D'un grand forfait il est bien incapable;
C'est par simplicité qu'il s'est rendu coupable;
C'est un bonhomme, un vieux rêveur qu'en son chemin
Il faut, comme un enfant, conduire par la main.

Je promets qu'il fera tout ce qu'on veut qu'il fasse.

A Galilée, en lui montrant Niccolini et Vivian.

— N'est-ce pas? — Dites-leur que vous demandez grâce,

Et laissez-vous par eux entièrement régir;

Ils savent mieux que vous comme il vous faut agir.

Chassez-moi le malin esprit qui vous possède,

J'entends l'esprit savant.

Poursuivant Galilée, qui va s'asseoir.

Que Dieu nous soit en aide!

Est-ce que la science arrangera vos os

Tordus et disloqués par le poing des bourreaux?

Vous dérobera-t-elle au bûcher qui s'allume?

Beau dédommagement qu'une gloire posthume!

A quoi vous servira d'avoir enfin raison,

Quand on vous aura fait brûler comme un tison?

Quelque arrêt que sur vous l'avenir doive rendre,

La revanche vient tard à qui n'est plus que cendre.

N'allez pas affronter pour cet appât lointain

Un supplice effroyable, un opprobre certain;

Signez l'acte sauveur auquel on vous convie,

Et soyez une fois sensé dans votre vie.

GALILÉE, avec impatience.

Eh! madame...,

ANTONIA.

Ah! cher père! ah! prends pitié de moi!

Je succombe aux douleurs, à l'angoisse, à l'effroi.

Cette exaltation est aujourd'hui calmée,

Qui d'intrépidité me fit paraître armée;

L'épreuve a jeté bas cet héroïsme faux.

Nous n'étions pas alors au pied des échafauds,

Et, regardé de loin, l'éclat du sacrifice

Illuminait là palme et voilait le supplice;

Mais, quand chaque heure apporte un étage au bûcher,

Quand il est là, du doigt que je puis le toucher,

Étendant la main vers les rideaux.

Que de la salle où siége un tribunal barbare

Cette mince barrière à peine me sépare,

La nature reprend ses droits avec fureur;

Je ne suis plus que fille et frissonne d'horreur;

Je ne vois que mon père expirant dans les flammes;

Ce tableau fait de moi la plus lâche des femmes.

Non, non, de ta vertu je n'ai pas hérité;

Non, n'espère de moi nul effort de fierté.

Je me jette, éplorée, à tes pieds que j'embrasse.

Abjure, père, abjure! Achète ainsi ta grâce!

Fais-le pour moi; sois-moi soumis comme autrefois,

Quand, pendue à ton cou, l'enfant dictait ses lois ;
Fais-le pour ton tyran, dont la toute-puissance
N'a jamais rencontré ta désobéissance.

Galilée cache sa tête dans ses mains.

Tu ne me réponds pas ! ton regard fuit le mien !

Elle se relève et va se jeter dans les bras de Taddeo.

— Je l'aime éperdument ; je l'aime, entends-tu bien,
D'une amour sans égale, invincible, inouïe.
M'arracher Taddeo, c'est m'arracher la vie,
Et, quand par tes roideurs tu brises notre hymen,
Tu me frappes à mort, toi-même, de ta main.

GALILÉE, d'un ton de douleur et de reproche.

Oh ! ma fille !

Taddeo s'agenouille devant Galilée ainsi qu'Antonia.

TADDEO, agenouillé.

Cédez ! — Devant Dieu que j'atteste,

Montrant Antonia.

Je jure le bonheur de cet être céleste.
Cédez, et bénissez, père, vos deux enfants,
Qui d'un pieux respect ceindront vos cheveux blancs !

VIVIAN, s'agenouillant.

Cédez, maître !

NICCOLINI.

Cédez !

LIVIE.

Êtes-vous donc de pierre,
Que vous ne soyez pas touché de leur prière !

GALILÉE, se levant.

Ah ! vous ne savez pas ce que vous exigez,
Quel principe vital en moi vous égorgez !
Ce qu'on demande est plus que mon sang ; c'est mon âme,
Ma force, ma raison d'être, ma foi, ma flamme.
Chaque vie a son but, et c'est pourquoi l'on vit ;
Tout ploie et croule en nous, dès qu'on nous le ravit.

A Niccolini.

Supposez votre duc détrôné par le pape ;

A Taddeo.

Suppose, Taddeo, qu'Antonia t'échappe ;
Eh bien, le déshonneur du souverain chassé,
Les transports furieux de l'amant remplacé,
Rage, déchirements, honte, angoisses suprêmes,
J'en ressens les effets autant et plus qu'eux-mêmes ;
J'ai comme eux ma maîtresse, et j'ai ma royauté :
La Science ! J'adore à genoux sa beauté,

Et vous pouvez juger de quel coup l'on me tue,
Quand on veut, Dieu puissant, que je la prostitue !
Comment, l'ayant vouée à ce public affront,
Oserai-je paraître et relever le front ?
Et dans quelle impudeur trouverai-je l'audace
D'aborder désormais mes disciples en face ?
« Le voilà, diront-ils, celui qui lâchement
Renia sa croyance et son enseignement,
Et qui, pour prolonger d'un jour son agonie,
Souilla ses cheveux blancs de cette félonie !
Le voilà l'apostat qui, des faveurs d'en haut
Tenant la vérité, vend ce sacré dépôt !
Par la honte attachée au gardien qui déserte
Il détruit tout l'honneur qu'obtint sa découverte.
Va te cacher, vieillard, de qui les derniers ans
Enseignent le parjure infâme aux jeunes gens ! »
— Ils parleront ainsi ; que pourrai-je répondre

Il montre l'acte d'abjuration.

Devant mon propre seing chargé de me confondre ?
Connaissez-vous l'écrit qu'on m'oblige à signer ?
Soupçonnez-vous à quoi je me dois résigner ?

Lisant l'acte d'abjuration.

« Moi, Galilée... agenouillé devant vous... j'abjure, je maudis
et je déteste les erreurs et hérésies susdites... »

Les erreurs! — Ces erreurs sont les secrets sublimes
Que je sus arracher aux célestes abîmes;
C'est l'ère du vrai, c'est l'immortel fondement
Où doit l'Astronomie asseoir son monument.

ANTONIA.

Pauvre père!

VIVIAN.

O tourments, pires que la torture!

GALILÉE.

C'est peu.

Lisant.

« ... et je jure que, si je viens à connaître quelque hérétique,
je le dénoncerai à ce saint office... »

Le délateur complète le parjure.
Fort bien; l'abaissement est encor plus profond;
En fait de déshonneur, ils savent ce qu'ils font!
Ils m'auront présenté la coupe bien remplie,
Et j'aurai bu la honte au moins jusqu'à la lie.

Il froisse la rétractation, et la jette sur une table près de laquelle il s'assied.

ANTONIA, à Galilée.

Courage! Songe à nous, pendant que tu liras.

A part.

Oh ! je suis sur le point de crier : « Ne lis pas ! »
— Mais le bûcher !

TADDEO, à Galilée.

  Courage ! Un jour, notre tendresse
Vous paîra longuement cet instant de détresse.

GALILÉE, se levant.

Qu'ai-je donc fait, grand Dieu ! pour être ainsi traité ?
N'est-ce pas une chose étrange, en vérité,
Qu'il faille que toujours on insulte, on diffame,
On poursuive à grands cris, par le fer, par la flamme,
On traque étroitement, comme un loup enragé,
Comme un affreux brigand d'homicides chargé,
L'homme qui, travaillant à la grandeur humaine,
Veut de l'intelligence élargir le domaine,
Et que des êtres doux et bons soient plus haïs,
Pour avoir par leur œuvre honoré leur pays,
Lui donnant leurs labeurs, leurs veilles, leurs fatigues,
Qu'un ennemi public en ses noires intrigues !
  Insensé ! quand il est commode et fructueux
D'envisager le faux d'un œil respectueux !

S'asseyant.

Que vous l'entendez mieux, natures routinières,

Qui des traditions habitez les ornières,

O médiocrités, toujours riches d'amis,

Doctes commentateurs des systèmes admis,

Pédants, qui dans un livre étudiez les mondes,

Et pour qui les erreurs sont en profits fécondes!

Se levant et allant vers Niccolini et Vivian.

— Soyez contents, amis! Oui, je commence à voir

Que deux et deux font cinq, et que le blanc est noir;

Je dirai désormais ce qu'on voudra; j'avoue

Que le Soleil est plat et grand comme une roue,

Que la Lune en son plein est un visage rond,

Où l'on voit clairement l'œil, la bouche et le front,

Et tiens pour troublant l'ordre, empoisonnant les âmes,

Quiconque sur ce point se rit des bonnes femmes.

Soyez contents; c'est fait : le savant a vécu.

Il fut un Galilée, un homme convaincu;

Qu'en reste-t-il? Ce corps qui s'affaisse et se courbe,

Lampe éteinte, ressort détendu, langue fourbe.

Tombant à genoux.

Dieu, qui lis dans mon âme, et qui vois mes combats,

Tu sais que le bûcher ne m'épouvante pas,

Et que, si pour ta gloire il faut que je périsse,

J'irai sans chanceler au-devant du supplice;

Mais, contre les bourreaux solide et triomphant,

Je suis faible et vaincu sous les pleurs d'une enfant,

Et, par ces prompts retours que la nature opère,

Je cherche le héros et ne trouve qu'un père.

— Tu le sais, ô mon Dieu, j'ai fait ce que j'ai pu ;

Mais quoi ! par certains chocs tout courage est rompu ;

L'homme, qui se soutient tant que ton bras le mène,

Ne peut aller plus loin, seul, que la force humaine.

Donne-moi donc, Seigneur, là puissance qu'il faut

Pour dompter la nature et vaincre son assaut,

Ou bien pardonne-moi si, faible créature,

Les pleurs de mon enfant me forcent au parjure.

SCÈNE II.

LES MÊMES, L'INQUISITEUR COMMISSAIRE DU SAINT OFFICE ;

MOINES, escortant l'Inquisiteur.

L'INQUISITEUR, à Galilée.

En te quittant, j'ai dit : « Au revoir ! » — Me voici ;

L'entretien précédent doit se conclure ici,

Et ta contrition ou ton impénitence

Du tribunal sacré va régler la sentence.

Il voit la formule d'abjuration posée sur la table. — La montrant à Galilée.

Abjures-tu ?

GALILÉE.

J'abjure.

L'Inquisiteur ordonne, d'un geste, à Galilée de signer l'abjuration.;
Galilée signe; Antonia se précipite sur les mains de son père, et
les couvre de baisers.

L'INQUISITEUR, à quelques-uns des moines, en étendant la main
vers les rideaux.

Ouvrez!

A d'autres moines.

Et vous, allez
Ouvrir la grande porte aux chrétiens rassemblés!
Que tout le monde assiste au triomphe de Rome!

VIVIAN, à part, et pendant que le peuple commence à entrer.

Oui, venez voir comment elle traite un grand homme!
Par-devant l'avenir voyez-la se charger
D'un blâme dont mille ans, ne pourront la purger!

Les rideaux s'ouvrent. — On voit la grande salle où siége
le saint office.

SCÈNE III.

Le tribunal de l'inquisition.—Les inquisiteurs sont assis, autour d'une
table longue, sur une estrade au fond du théâtre. — Au-dessous, le public,
contenu, à droite et à gauche, par des barrières; — au milieu la salle vide.

GASPARD BORGIA; FRÈRE FÉLIX CENTINO, dit d'Ascoli; GUIDO BENTIVOGLIO; FRÈRE DIDIER SCAGLIA, dit DE CRÉMONE; FRÈRE ANTOINE BARBERINO, dit DE SAINT-ONUPHRE; LOUIS ZACCHIA, dit DE SAINT-SIXTE; BERLINGERO GESSIO; FABRICE DE SAINT-LAURENT-AU-PAIN; VEROSPI, dit LE PRÊTRE; FRANÇOIS BARBERINO; MARTIN GINETTI; INQUISITEURS. — GALILÉE, TADDEO, VIVIAN, NICCOLINI, POMPÉE, ANTONIA, LIVIE. ÉTUDIANTS DE FLORENCE, PEUPLE DE ROME, ETC.
— Taddeo, Vivian, Niccolini, Pompée, Antonia, Livie, sont mêlés au peuple
dans l'espace fermé par les barrières. — Galilée est au milieu de la salle, seul
avec l'Inquisiteur.

L'Inquisiteur fait un signe à deux moines, qui s'approchent de Galilée,
et lui ôtent son pourpoint.

GALILÉE.

Adieu, travaux! Adieu, magnifiques conquêtes!
Adieu, les beaux élans, la pensée et ses fêtes,
Coups d'aile du génie, essors qui m'emportiez,
Presque dieu, repoussant la terre de mes pieds,

Illuminé d'éclairs, ivre de découvertes,

Dans les immensités que je m'étais ouvertes!

Adieu, rêves, espoirs, gloire! Adieu sans retour,

OEuvre de cinquante ans, brisée en un seul jour!

L'INQUISITEUR, à Galilée.

Suis-moi.

Il conduit Galilée au pied du tribunal, puis il monte vers le président,

et lui remet l'acte d'abjuration.

POMPÉE, dans l'auditoire, écartant ses voisins.

Laissez-moi voir, bonnes gens!

VIVIAN.

Vous, à Rome,

Seigneur Pompée!

POMPÉE, se frottant les mains.

Eh! oui.—C'est un beau jour, jeune homme!

— Je puis mourir en paix; Aristote est vengé.

VIVIAN, avec un geste de menace qui n'est pas vu de Pompée.

Nous nous retrouverons, vieil oison enragé!

LE PRÉSIDENT DU TRIBUNAL, à Galilée.

Approche. — Dis ton nom, le lieu de ta naissance.

GALILÉE.

Mon nom est Galilée, et mon pays, Florence.

LE PRÉSIDENT.

Dis ton âge.

GALILÉE.

Soixante et dix ans.

LE PRÉSIDENT.

Ton état?

GALILÉE.

Philosophe.

POMPÉE, dans l'auditoire.

Tu mens! — Sophiste! scélérat!

LE PRÉSIDENT.

Ne professes-tu pas?

GALILÉE.

Oui.

LE PRÉSIDENT.

D'après quels systèmes?

GALILÉE.

D'après les faits. Je dis : « Observez par vous-mêmes;
Laissez les vieux cahiers; sous ses aspects divers
Contemplez la nature, et lisez l'univers. »

LE PRÉSIDENT, montrant un livre à Galilée.

Ce livre auquel s'attache une odieuse vogue,
Fait à Florence, ayant pour titre : *Dialogue
De trois amis, touchant le système des cieux,*
En connais-tu l'auteur?

GALILÉE.

Il est devant vos yeux.

POMPÉE, dans l'auditoire.

Je l'ai réfuté, moi, foudroyé, mis en pièces,
Ce livre infâme.

VIVIAN.

Paix! triple sot!

LE PRÉSIDENT.

Tu confesses
Avoir développé la thèse absurde en soi,
Fausse en philosophie, erronée en la foi,

Que la Terre, d'un cours contraire à l'Écriture,
Tourne autour du Soleil, centre de la nature?

GALILÉE.

Je le confesse.

LE PRÉSIDENT.

On vient de nous dire, pourtant,
Que la grâce est entrée en ton cœur repentant,
Si bien que tu maudis, à cette heure, et détestes,
Et promets d'abjurer ces doctrines funestes.
— Est-il vrai, Galilée?

Hésitation de Galilée.

ANTONIA, du milieu de l'auditoire, tendant les mains vers son père,
et emportée par son émotion.

Oui!

GALILÉE.

C'est la vérité.

LE PRÉSIDENT.

Sois donc jugé, pécheur, avec bénignité.

Il lit la sentence.

Nous, inquisiteurs généraux contre le crime d'hérésie dans
toute la république chrétienne, spécialement délégués par le
saint-siége;

Attendu que toi, Galilée, de Florence, âgé de soixante et dix ans, tu as été dénoncé au saint office, comme tenant pour vraie cette doctrine : que le Soleil est au centre du monde et ne se meut pas d'orient èn occident ; que la Terre se meut et n'est pas le centre du monde, ce qui est une proposition absurde et fausse en philosophie, et formellement hérétique en tant qu'expressément contraire à l'Écriture sainte ;

Attendu que, l'an dernier, parut à Florence un livre intitulé *Dialogues,* dont tu te reconnais l'auteur, et dans lequel tu as soutenu la susdite opinion, quoique en feignant de ne la regarder que comme probable, ce qui est également une très-grave erreur, puisqu'une opinion ne saurait être probable en aucune manière, quand elle a été déclarée contraire à l'Écriture sainte ;

Par ces motifs, ayant vu et mûrement considéré les mérites de ta cause, en même temps que tes aveux et promesses de rétractation, nous disons, jugeons et déclarons que toi, Galilée, tu t'es rendu véhémentement suspect d'hérésie, en ce que tu as cru et soutenu les susdites doctrines ; que tu as conséquemment encouru toutes les peines édictées et promulguées par les sacrés canons ; desquelles peines il nous plaît de t'absoudre, à la condition que, d'un cœur sincère et d'une foi sans arrière-pensée, tu abjureras, maudiras et détesteras tes erreurs et hérésies, selon la formule que nous t'imposons.

Et, afin, que ta pernicieuse erreur et ta grave transgression ne demeurent pas impunies, nous décrétons que le livre des *Dialogues* de Galilée soit prohibé par un édit public, et nous te condamnons à la prison de notre saint office, nous réservant le pouvoir de diminuer, changer ou supprimer tout ou partie de cette punition.

POMPÉE, s'en allant désespéré.

Plus de bûcher ! — Tout est perdu, si l'on ne brûle.

LE PRÉSIDENT, tendant l'acte d'abjuration à Galilée.

A genoux, Galilée ! et lis cette formule.

Un huissier prend l'acte de la main du président, et le porte à Galilée.

GALILÉE, lisant à genoux.

Moi, Galilée, traduit personnellement en jugement et agenouillé devant Vos éminentissimes et révérendissimes Seigneuries,
d'un cœur sincère et d'une foi sans arrière-pensée, j'abjure,
je maudis et je déteste les erreurs et hérésies susnommées, et
je jure qu'à l'avenir jamais je ne dirai ou n'affirmerai, verba-
lement ou par écrit, rien qui puisse motiver contre moi un pareil
soupçon, et que, si je viens à connaître quelque hérétique ou
suspect d'hérésie, je le...

Il s'arrête, comme ne pouvant continuer ; il poursuit cependant,
après un regard jeté sur sa fille.

... Je le dénoncerai à ce saint office ou à l'inquisiteur du lieu
où je me trouverai.

Que s'il m'arrive jamais, Dieu m'en garde ! de contrevenir par
quelques-unes de mes paroles à ces promesses, protestations et
serments, je me soumets à toutes les peines et à tous les supplices
qui ont été décrétés et promulgués par les sacrés canons ; et
qu'ainsi Dieu me soit en aide !

LE PRÉSIDENT, à Galilée.

La prison qu'on t'assigne est un cloître à Livourne.

ANTONIA, se jetant dans les bras de Galilée.

Va, nous t'y suivrons, père.

GALILÉE, à part, en se relevant et en frappant du pied la terre.

Et pourtant elle tourne !

FIN.

PARIS. — J. CLAYE, IMPRIMEUR, RUE SAINT-BENOIT, 7.